LA CASTE
JÉSUITIQUE,

OU
QUINZE ANS D'INTRIGUES;

Satire politique,

Par C. BEAULIEU.

Que ne puis-je, ô Molière ! en ce jour comme toi,
Couvrir d'affronts sanglans Escobar et sa foi.

SE VEND,

A PARIS ET A LYON,

Chez tous les Marchands de Nouveautés.
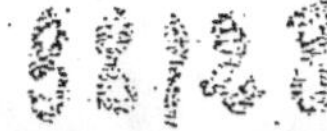
1830.

LA CASTE
JÉSUITIQUE,

ou

QUINZE ANS D'INTRIGUES.

LA CASTE
JÉSUITIQUE,

OU

QUINZE ANS D'INTRIGUES;

Satire politique,

Par C. BEAULIEU.

Que ne puis-je, ô Molière! en ce jour comme toi,
Couvrir d'affronts sanglans Escobar et sa foi.

SE VEND,

A PARIS ET A LYON,

Chez tous les Marchands de Nouveautés.

***

1830.

AVANT-PROPOS.

J'ai toujours regardé comme une chose inconcevable,
u'une poignée d'intrigans, reste maudit d'une secte ou
aste fameuse par ses forfaits et ses mœurs décriées, soit
arvenue à s'ingérer dans les affaires politiques d'une
rande nation, aussi sage qu'éclairée, dont plusieurs
ois, encore existantes, prononcent des châtimens justes
t sévères contre l'existence de cette caste, si jamais elle
sait reparaître sur son sol, après en avoir été bannie si
olennellement et si ignominieusement; de même que
ai toujours considéré comme inouïs les attentats qu'elle
depuis quinze ans manisfestés contre les lois et contre
es libertés constitutionnelles de cette nation.

Que d'indignes Français, parjures à leurs sermens
t traîtres à leur patrie, osent soutenir et protéger cette
aste, et favoriser ses perfides desseins, cela se conçoit:
a cupidité est le seul motif de leurs actions; mais ce qui
e peut se concevoir, et ce que la postérité ne pourra
roire, c'est que la CHARTE, œuvre immortelle d'un roi
age et généreux, base fondamentale du bonheur des
rançais, des libertés et de la prospérité de la France,
ppui inébranlable du trône des BOURBONS; que cette

Charte, objet sacré., ait eu à souffrir des attentats
minels de cette caste proscrite ; que ses articles ser
encore tous les jours de texte aux déclamations f
bondes de ses adeptes téméraires.

C'est l'excès de tant d'audace qui m'a pour ainsi
forcé d'exprimer les transports de ma juste indignat
et de confier au papier des sentimens qui sont à ja
gravés dans mon cœur. Sans oser prétendre joindre
preuve à tant d'autres dignes d'attester à la postérit
sentimens de la France actuelle, et de venger un
notre siècle tant calomnié par cette caste, je n'ai v
que manifester à mes contemporains un aveu sincèr
la vérité : je laisse à d'autres la gloire de la dire
talent ; et pour atteindre entièrement mon but, je n'
bitionne que celle de leur faire agréer mon intentioi

LA CASTE
JÉSUITIQUE,

ou

QUINZE ANS D'INTRIGUES,

Satire politique.

O toi ! « qui dans tes vers pleins de sincérité,

» Jadis à tout ton siècle as dit la vérité;

» Qui mis à tout blâmer ton étude et ta gloire; »

Des fastes de Louis as buriné l'histoire (1),

Et vanter dignement par des vers immortels,

Des succès du grand Roi, les bienfaits éternels,

Que ne puis-je, ô Boileau ! pour l'honneur de la France,

Comme toi célébrer le nom et la clémence

D'un digne fils d'Henri (2); ses vertus, ses malheurs,

Sa sagesse, sa perte !.... objet de nos douleurs;

Son règne pacifique, au Français si propice;

Sa franche piété, son amour, sa justice;

Et mille autres vertus........ Et ce pacte fameux,

Qui portera son nom chez nos derniers neveux;

Qui, renouant du temps la chaîne interrompue,

Que des jours orageux jadis avaient rompue,

À pour jamais gravé sur le trône des *Lys,*

Les noms de Liberté, de Gloire et de Louis.

O gage précieux ! Arche sainte et sacrée,

De tous les cœurs français idole révérée,

Toi seul qui pour toujours, du sceptre de nos Rois

Affermis la puissance, et le règne et nos droits ;

O Charte ! O digne fruit d'une haute sagesse !

D'un siècle de raison, d'une pure tendresse !

Nouveau *Palladium !* Ah ! périsse à jamais

Le mortel téméraire ou l'indigne *Français,*

Qui pour te profaner, d'une voix sacrilége,

Tenterait d'obtenir l'odieux privilége.

Mais que dis-je ? de Reims, le serment solennel (3),

A rendu ton nom saint, et ton règne immortel....!

Cependant, redisons d'une *caste* bannie (4)

Les projets dont le but étoit l'ignominie ;

Ses plans dressés au jour, ou dans l'obscurité,

Pour nous ravir tes fruits et notre *Liberté.*

A peine, dans la France et dans l'Europe entière,

La paix avait éteint les foudres de la guerre ;

A peine un Roi clément, après de longs malheurs,

Des Français abattus avait séché les pleurs,

Quand déjà de la Caste une troupe ennemie,

Sous un manteau dévot introduit l'infamie (5) :

L'un, d'un vieux courtisan, prend le masque trompeu

Le langage ambigu, mielleux adulateur ;

L'autre, d'un magistrat se donnant pour modèle,

Couvre son ambition, sa haine, d'un faux zèle,

Et vante à tout propos ses services passés,

Ses titres, ses talens, ses lauriers amassés ;

Enfin, de mille emplois gratifiant ses membres,

A la Cour, dans l'Eglise, au Palais, dans les Chambres,
Pour atteindre son but tout poste est envahi :
Largent est prodigué, le serment est trahi ;
L'opinion corrompue (6)....et la Chambre élective
Apparaît à ses yeux et timide et craintive (7) !
Mais que dis-je? Non, non! Honneur! cent fois honneur
Aux *Seize* (8)! qui, bravant une vaine clameur
Dans ces jours de danger, d'une voix nationale,
Signalèrent les maux de cette Hydre infernale,
Que de vils imposteurs, à nos lois étrangers,
Soutenaient être feints, absurdes, mensongers.
Les noms de ces *Elus*, consignés dans l'Histoire,
De cette Chambre un jour vengeront la mémoire.
La Caste cependant, d'un air plus qu'éhonté,
Parle avec arrogance et d'un ton irrité :
Des ministres du temps la cohorte rapace,
N'est plus qu'un vain fantôme utile à son audace (9),
Qu'elle meut à son gré comme un triste hochet :
L'un veut faire aux rentiers éprouver un déchet (10) ;
Un second, du grand art de penser et d'écrire
Veut arrêter l'essor, ou bien le circonscrire (11) ;
Un troisième, à ses yeux se prévaut à son tour,
Taxe ses beaux projets, de *justice* et d'*amour* (12) :
Pour répondre à ses vœux, un fougueux Missionnaire,
En tribune d'Etat veut transformer la chaire ;
Et loin d'y faire entendre un langage de paix,
Parle de politique et de *Charte* et de *Faits* (13).
Mais l'essaim le plus niais de la Caste dévote,
Et le plus reproduit, c'est la classe bigote :
A la Cour, à la ville, au village, au hameau,
Tout se trouve infesté par ce nombreux troupeau ;

Des tartufes d'argent, des tartufes de places,
La France voit partout les insignes grimaces (14).
Que ne puis-je, ô Molière! en ce jour comme toi,
Couvrir d'affronts sanglans Escobar et sa foi (15)!
Et par quelqu'heureux mot, par des vers pleins de charme
A tous nos faux dévots faire verser des larmes :
Trop payé si mes vers, par quelque malin trait,
Pouvait encore flétrir leur odieux portrait.
Enfin, du seize juin la fameuse ordonnance (16),
Les contraint de quitter, ou le froc, ou la France;
Alors, de cette caste on voit de toutes parts
Les soldats démasqués quitter son étendard :
L'un pleure au souvenir des beaux jours de la Ligue;
L'autre regrette d'elle, et la fraude et la brigue;
Mais de tous ses héros, les plus désappointés
Sont ceux qui prétendaient nous mener par le nez;
Malgré la volonté, le dépit et la rage,
Il fallut décamper avec arme et bagage.
Qu'en dites-vous? *Chonchon, Loriquet, Guyon, Miolan,*
Ronsin, grand *Lamenais, Frayssinous, Roothan* (1):
Vous pleurâtes ces jours.... Jours d'heureuse mémoire !
Qui devaient de vos noms perpétuer la gloire.
Ils ne sont plus ! Qui sait si le nom *Loriquet,*
Plus tard ne leur eût pas donné ce sobriquet;
Ou bien si cette caste, errante et sans patrie,
Ne se fût pas nommée un jour *Chonchonerie.*
Pour m'en croire, lisez ces piteux Abrégés
Marqués du monogramme A. M. D. et G. (18);
Vous verrez à quel point les fastes de la France
Y sont appréciés, ainsi que la science.
On croyait que ce coup, sur elle appesanti,

Dans la France à jamais ruinerait son parti,
Quand on la vit, changeant de langage et d'allure,
Et sur un ton plaintif exhaler son murmure,
Taxer ce juste arrêt de persécution,
De martyr, d'attentat à la religion (19).
Par cette fourberie, elle entonne victoire:
Les bigots d'applaudir, et les sots de les croire;
Et pour perpétuer ce ridicule bruit,
Afin d'en retirer un jour un digne fruit,
On parla de prodige, on parla de miracle,
Et la Croix de *Migné* passa pour un oracle (20).
O comble d'imposture et de dérision !
O triste et digne fruit de superstition !
Des os de Saint *Jubin*, la nouvelle relique,
A guéri (selon eux) un corps paralytique (21);
Et mille autres moyens, plus absurdes encor,
Sont créés pour tromper.... Mais pour eux l'Age d'Or
Est passé. Ces abus et cette momerie
Sont traités par *Léon* (22) de pure jonglerie.
Ce mot, tombé de haut, et de sens si complet,
A la Caste, à ses gens, donne un large soufflet;
Mais pour comble de maux et de mésaventure,
Pour hâter sa ruine et sa déconfiture,
Montlosier et *Marcet* (23) publient leurs écrits;
Et leurs récits fameux frappent tous les esprits:
L'un par la vérité, la force et l'éloquence;
L'autre par des portraits frappans de ressemblance.
A ce coup, son pouvoir et ses prétentions
Tombent sous un concert de malédictions;
A ce bruit foudroyant, la Caste avec prudence,
Dans ses antres maudits, se retire en silence:

Un seul cri dans la France alors retentissait ;
C'est le cri national : « *Si le Roi le savait* » (24).
Le Monarque a parlé !... La plus douce espérance,
En cet heureux instant, vient consoler la France,
Et le mot *déplorable* (25) imprime sur le front
De tous ces Gouvernans un immortel affront ;
Mais pour cacher un jour leur génie inhabile,
A la Chambre des Pairs ils cherchent un asile (26) :
Ils voudraient transformer en nouveau *Quinze-Vingts*,
Ce séjour interdit aux roturiers humains (27).
La Caste cependant, à l'ombre du mystère,
Intrigue pour changer le corps du ministère ;
Ce corps cent fois par elle épuré, rechangé,
Réuni, divisé, renforcé, mitigé,
Nous donne, pour tout prix de son intelligence (*),
Des hommes étrangers au bonheur de la France (28) ;
Des hommes dont l'esprit aveugle ou maladroi,
Cherche à montrer la France hostile envers son Roi (29)
Hostile ! Entendez-vous ? O France ! O ma patrie !
Dans ton juste courroux, j'entends ta voix qui crie :
Paraissez, Députés ! Paraissez, nobles Pairs !
Aux yeux de votre Roi, confondez ces pervers ;
Qu'ils apprennent de vous que cette noble France,
En son Roi, dans la Charte, a mis son espérance !
Qu'elle brave la Caste et ses vaines fureurs !
Et que, malgré sa haine et ses vils imposteurs,
Son cri sera toujours, en maudissant la Caste,
Vive la *Liberté* ! les *Bourbons* et la *Charte* !

(*) Il est posé en principe, que, dans un gouvernement constitution
nel, le Roi ne peut vouloir que le bien ; tout ce qui est mal lui es
étranger.

NOTES.

(1) Voyez Boileau vers la fin de sa première Epître au roi ; on sait qu'il a travaillé avec son ami Racine à une histoire de Louis XIV.

(2) Louis XVIII.

(3) Charles X., actuellement régnant, sacré et couronné à Reims en 1825.

(4) Les Jésuites, dont l'Ordre fut supprimé en 1773, et plus tard chassés de France.

(5) En 1814.

(6) On sait tout l'argent qui fut prodigué sous le ministère Villèle pour fausser les élections et pour corrompre les consciences.

(7) La Chambre élective ou des députés de 1824, composée en majorité des créatures de M. de Villèle.

(8) La France conservera avec reconnoissance le souvenir de ces seize députés du côté gauche. L'Histoire a déjà consigné leurs noms dans ses plus belles pages sur nos libertés constitutionnelles ; elle citera avec orgueil le courage et les talens qu'ils ont montrés dans la défense de ces mêmes libertés.

(9) On se rappelle ce mot de Lamenais : « On leur apprendra ce que c'est qu'un prêtre. »

(10) Le projet de loi sur la conversion des rentes sur l'Etat, c
5 à 3 pour o/o ; ce projet de loi fut présenté à la Chambre des d
putés par M. de Villèle, alors ministre des finances.

(11) Le projet de loi sur la liberté de la presse.

(12) Le projet de loi sur' le droit d'aînesse, présenté par M.
Peyronnet, ainsi par lui qualifié.

(13) La Justice fut plusieurs fois forcée de sévir contre les écart
soit en paroles, soit en faits, de quelques Jésuites-Missionnaire
(Voyez *la Gazette des Tribunaux*.)

(14) Il était alors passé de mode que, pour être du bon ton,
fallait appartenir à quelque congrégation, ou affecter des pratiqu
dévotes pour obtenir un emploi quelconque.

(15) Escobar, fameux jésuite espagnol, mort en 1669, dont
morale relâchée et la foi de restriction semblaient être mieux goûtée
de nos jésuites modernes que celles de Saint Ignace, instituteur c
leur Ordre.

(16) Le 16 juin 1828, parut une ordonnance qui défendait tout
corporations religieuses autres que celles autorisées par ordor
nances ou par les lois du royaume. En conséquence, les jésuites fu
rent contraints de quitter la France, où ils étaient rentrés en 181/

(17) Pour apprendre à les connaître, lisez les Mémoires du Comt
de Montlosier, et l'ouvrage de M. Martial-Marcet de la Roche-Arnaud
dont il est fait mention dans la note 25.

(18) A. M. D. G. ou *ad majorem Dei Gloriam*, c'est-à-dire à l
plus grande Gloire de Dieu ; épigraphe jésuitique que Loriquet
placée, par ces quatre lettres initiales, à la tête de tous ses abré
gés, etc., etc.

(19) De tous côtés, à cette époque, la Caste jeta de hauts cris, et se coalisa sous prétexte de défendre la religion, que personne n'attaquait; les plus ridicules furent ceux qui se dirent Martyrs. Lisez sur cela un petit poème, imprimé à Lyon, intitulé : *Les Martyrs Lyonnais*. Cette ridicule croisade y est spirituellement et très-justement appréciée.

(20) Migné est un bourg de France, situé sur la rivière d'Ozance, à une lieue de Poitiers (Vienne). Les missionnaires, dans la cérémonie de la plantation de la Croix, à l'occasion du Jubilé publié par le Pape Léon XII, prétendirent avoir aperçu dans les airs une grande croix lumineuse. Les jésuites étant parvenus, à l'aide du dire de quelques personnes gagnées par eux, à faire accroire aux faibles et aux crédules ce prétendu miracle. Cette illusion fut bientôt proclamée par leurs adeptes comme une vérité incontestable, malgré le désaveu formel du Pape; cette fourberie est encore considérée par les sots comme un événement véritable.

(21) Le 24 janvier 1820, on découvrit auprès de l'église de St.-Just, de Lyon, le tombeau de Saint Jubin, évêque de cette ville au onzième siècle. Les jésuites voulant mettre à profit la crédulité publique, firent courir le bruit que la femme du fossoyeur du cimetière de Loyasse (Lyon), avait été guérie par l'attouchement des restes mortels de ce Saint, d'une paralysie qui l'affectait depuis nombre d'années. Le fait est que cette femme est morte paralytique, peu de temps après cette prétendue guérison.

(22) Léon XII désapprouva énergiquement toutes ces turpitudes.

(23) Les ouvrages du Comte de Montlosier contre les jésuites, et celui de M. Martial-Marcet de la Roche-Arnaud, intitulé : *Les Jésuites*, font connaître à fond cette secte et les personnages qui lui sont dévoués.

(24) Ce cri a été de tout temps celui des Français dans un moment de détresse ou de vexations.

(25) Ce mot fut inséré dans l'adresse de la Chambre élective, en 1829.

(26) Ce vers fait allusion à la nomination des 76 pairs élus par une ordonnance royale, rendue en 1828, contre-signée de Villèle.

(27) Pour être pair, il faut être noble ou anobli par le Roi.

(28) Ce vers est pour faire allusion au ministère Polignac, créé le 8 août 1829.

(29) Cet opuscule a été publié le 7 mars, pour faire allusion à l'une des dernières phrases du discours de la Couronne, relatif à l'ouverture de la session du 2 mars 1830, dans laquelle il est parlé de coupables manœuvres.

LYON, IMPRIMERIE DE BRUNET.

www.ingramcontent.com/pod-product-compliance
Lightning Source LLC
Chambersburg PA
CBHW071641030726
47598CB00005B/1963